La GALLINITA de la PRADERA

Ω

Published by
PEACHTREE PUBLISHERS
1700 Chattahoochee Avenue
Atlanta, Georgia 30318-2112
www.peachtree-online.com

Text © 2013 by Jackie Mims Hopkins
Illustrations © 2013 by Henry Cole

Spanish translation © 2015 by Peachtree Publishers

First Spanish edition published in hardcover and trade paperback in 2015.

Also available in English-language hardcover and paperback editions
HC ISBN 978-1-56145-694-9
PB ISBN 978-1-56145-834-9

Design and composition by Loraine M. Joyner
Typesetting by Melanie McMahon Ives
Spanish translation: Cristina de la Torre
Spanish copy editor: Cecilia Molinari

The illustrations were rendered in Prismacolor pencil on paper.

Printed in July 2016 by Imago in Singapore
10 9 8 7 6 5 4 3 2 (hardcover)
10 9 8 7 6 5 4 3 2 1 (paperback)

Library of Congress Cataloging-in-Publication Data

Hopkins, Jackie.
  [Prairie chicken little. Spanish]
  La gallinita de la pradera / by Jackie Mims Hopkins ; illustrated by Henry Cole ;
translated by Cristina de la Torre.
      pages cm
  Summary: In this retelling of the classic tale, Mary McBlicken, a small prairie
chicken, and her animal friends are on their way to tell Cowboy Stan and Red
Dog Dan that a stampede is coming when they meet a hungry coyote.
  ISBN 978-1-56145-841-7 (Spanish hardcover) / 978-1-56145-842-4 (Spanish
trade paperback)
  [1. Folklore. 2. Spanish language materials.] I. Cole, Henry, 1955- illustrator. II.
Torre, Cristina de la, translator. III. Title.
PZ74.1.H68 2015
398.2—dc23
[E]
                              2014041875

Para Addison, mi dulce pichoncita, y para su papi Jonathan.
Y con mi agradecimiento a Bill y a Susan Garrison
por la inspiración para Dan el perro rojo.

—*J. M. H.*

A Joan, mi gallinita de la pradera preferida, con el amor de su gallo, Hen.

—*H. C.*

La GALLINITA de la PRADERA

Jackie Mims Hopkins

Ilustraciones de **Henry Cole**

Traducción de **Cristina de la Torre**

PEACHTREE
ATLANTA

Allá por las llanuras donde los bisontes andan sueltos, Cachita, una gallinita de la pradera, estaba escarbando la tierra en busca del desayuno cuando, de pronto, oyó unos ruidos muy grandes, como truenos, bramidos o cosas rodando.

—¡Ay, no! —exclamó—. ¡Que viene una estampida! Tengo que salir disparada hacia el rancho a decírselo al vaquero Stan y al perro rojo Dan. Ellos sabrán lo que hay que hacer.

Y en un pispás, Cachita corrió lo más rápido que pudo con sus patitas de gallinita de la pradera.

En camino al rancho Cachita se encontró con Fito, el perrito de la pradera, que estaba tomando el sol.

—Muy buenos días —ladró Fito.

—Hoy no hay tiempo para cumplidos
—le avisó Cachita—. ¡Que viene una estampida!

—Y tú, ¿cómo lo sabes? —preguntó Fito.

—Pues porque oí unos ruidos muy grandes,
como truenos, bramidos o cosas rodando.
¡De veras que sí! —replicó Cachita.

—Ah, claro, una estampida —dijo Fito.

—¡Ven conmigo a decírselo al vaquero Stan
y al perro rojo Dan! —gritó Cachita.

—¡En marcha! —ladró Fito. Y en un pispás,
los dos salieron corriendo rumbo al rancho.

Muy pronto se toparon con la liebre Zas, que
estaba mordisqueando hierbitas dulces.

—Y ¿a dónde van ustedes dos con tantas prisas?
—quiso saber.

—¡Que viene una estampida! —le informó Cachita—. Vamos camino del rancho a decírselo al vaquero Stan y al perro rojo Dan.

—Y tú, ¿cómo lo sabes? —preguntó Zas.

—Pues porque oí unos ruidos muy grandes, como truenos, bramidos o cosas rodando. ¡De veras que sí! —replicó Cachita.

—Ah, claro, una estampida —dijo Zas.

—¡Ven con nosotros a decírselo al vaquero Stan y al perro rojo Dan! —gritó Cachita.

—Al tiro —dijo Zas.

Y en un pispás, todos salieron
corriendo a través de la pradera
rumbo al rancho.

Al poco tiempo, el trío se topó con
Macarena, la pajarita sabanera, que estaba
haciendo su nido entre las altas hierbas de la
pradera.

—¿Qué pasa? —preguntó Macarena.

—¡Que viene una estampida! —dijeron a coro los tres.

—Y ustedes, ¿cómo lo saben? —preguntó Macarena.

—Pues porque yo oí unos ruidos muy grandes, como truenos, bramidos o cosas rodando. ¡De veras que sí! —replicó Cachita.

—Ah, claro, una estampida —dijo Macarena.

—¡Ven con nosotros a decírselo al vaquero Stan y al perro rojo Dan! —gritó Cachita.

—Pues, ¿a qué esperamos? —trinó Macarena.

Y en un pispás, todos salieron volando hacia el rancho.

Panchote, el astuto coyote, no tardó en divisarlos
en su marcha por la llanura.

—Hola amiguitos con plumas y pelaje.
¿Por qué las carreritas?

—¡Que viene una
estampida! Vamos al rancho
a decírselo al vaquero Stan
y al perro rojo Dan
—dijo Cachita.

—Pues están de suerte hoy. Yo conozco un atajo
mucho más corto —dijo el coyote sin ninguna intención
de guiarlos al rancho.

Muy por el contrario, los hizo cruzar la planicie,

subir una loma,

atravesar una cañada,

doblar una curva

y descender una zanja,

hasta que llegaron
a la puerta de su guarida.

—Y ¿esto qué es?

—cacareó Cachita.

—Esto —gruñó Panchote—, es el túnel
que lleva al atajo.

Les sonrió mostrando su boca llena de
dientes, y se acercó amenazante a
Cachita y a los demás.

Los buenos amiguitos con plumas y pelaje
empezaron a ladrar y a cacarear y a pisotear
la tierra y a piar a toda mecha.

El vaquero Stan y el perro rojo Dan oyeron el alboroto y cruzaron la pradera al galope camino de la guarida del coyote. Dan fue derecho hacia Panchote y, en un pispás, lo espantó muy muy lejos.

—¿Qué es lo que pasa aquí? —preguntó Stan.

—¡Que viene una estampida! —gimió Cachita.

—Y tú, ¿cómo lo sabes? —preguntó Stan.

Pero, antes de que Cachita pudiera abrir el pico para hablar, todos oyeron claramente los muy grandes ruidos, como truenos, bramidos o cosas rodando. ¡No cabía duda!

—Espera, eso no es una estampida —dijo
Stan—, esa es tu tripa, Cachita. Y solo hay
un modo de callar esos ruidos tan grandes,
como truenos, bramidos o cosas rodando:

¡Tienes que comer!

Entonces, el vaquero Stan preparó una comilona deliciosa para todos los amiguitos y, en un pispás, resolvió la estampida de la tripa de Cachita. De veras que sí.

5